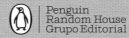

Para Henry

Papel certificado por el Forest Stewardship Council®

MIXTO
Papel procedente de
fuentes responsables
FSC® C117695
FSC
www.fsc.org

Penguin
Random House
Grupo Editorial

Título original: *I Am a Witch's Cat*

Primera edición: octubre de 2021

© 2014, Harriet Muncaster
Publicado por acuerdo con HarperCollins Children's Books,
una división de HarperCollins Publishers.
© 2021, Penguin Random House Grupo Editorial, S. A. U.
Travessera de Gràcia, 47-49. 08021 Barcelona
© 2021, Vanesa Pérez-Sauquillo, por la traducción

Printed in Spain – Impreso en España

ISBN: 978-84-488-5629-8
Depósito legal: B-10.715-2021

Compuesto por Araceli Ramos
Impreso en Índice, S. L. Barcelona

Para hacer las ilustraciones de este libro, la artista ha utilizado telas, acuarelas, pluma y tinta,
y materiales variados para crear imágenes planas y escenas tridimensionales,
que fueron fotografiadas y digitalizadas.
La tela estampada de estrellas ha sido diseñada por Elizabeth Miles.
Martha Rago ha realizado el diseño y la tipografía. Stephen Rapp, la escritura a mano.

BE 5 6 2 9 8

SOY EL GATO DE UNA BRUJA

Harriet Muncaster

Traducción de Vanesa Pérez-Sauquillo

Mi mamá es una bruja

y yo soy su gato favorito.

Sé que mi mamá es una bruja

porque tiene un montón de pociones raras

en el baño que yo NO puedo tocar.

Y cuando vamos al supermercado,

compra frascos con OJOS y DEDOS VERDES.

Pero no me importa,
porque es una bruja buena.

Sé que mi mamá es una bruja

porque planta hierbas mágicas en el jardín. . .

. . . y luego las usa para hacer pociones burbujeantes.

A veces me deja removerlas.

Ser el gato de una bruja es un trabajo MUY IMPORTANTE.

Sé que mi mamá es una bruja porque, cuando sus amigas
vienen de visita, se sientan en corro y SE RÍEN,
como hacen las brujas, e intercambian libros de hechizos.
Me dan palmaditas en la cabeza y dicen: «¡Hay que ver
cómo has crecido!». Y yo RONRONEO para que vean que
me gusta mucho ser el gato de una bruja.

Sé que mi mamá es una bruja porque,

cuando me hago daño, me cura con su MAGIA.

A veces los gatos de bruja tenemos que ser muy valientes.

Sé que mi mamá es una bruja porque una vez
a la semana saca su escoba y la hace dar vueltas
por mi habitación. A veces me deja montar en ella.
Eso es lo MEJOR de ser el gato de una bruja.

Los viernes por la noche mi mamá sale
y viene mi cuidadora. No me importa,
porque mi cuidadora es simpática.

Me deja ver la tele y comer palomitas

hasta que llega la hora de dormir.

No sé adónde va mi mamá. Siempre
será mi mamá, pero creo que a veces necesita
un descanso de ser una bruja.